你會愛上月亮莎莎的五個理由……

快來認識牙齒尖尖又
超可愛的月亮莎莎！

莎莎是半仙子半吸血鬼，
超級與眾不同！

來看看雪人
如果活過來會
發生什麼事！

跟著莎莎去參觀
魔法冰宮殿吧！

神秘迷人的
粉紅Ｘ黑色
手繪插畫

如果下雪了，你想玩什麼雪中活動呢？

邊喝七彩魔法熱飲，
邊騎飛天掃帚欣賞雪景。
（小葵／7歲）

蓋個雪屋，
喝熱奶茶加雪花。
（小魔女／6歲）

躺在地上做出
雪天使的形狀。
（T-REX／7歲）

我想要玩打雪仗，還要帶
草莓醬淋在雪上舔一口。
（Joy ／ 7 歲）

想餵麋鹿吃紅蘿蔔。
（Juliea ／ 7 歲）

堆雪人主題的冰迷宮。
（JZ ／ 5 歲）

最想玩「被雪掩蓋」，
只露出一根呼吸的管子，
享受被雪包圍的感覺！
（頻頻 ／ 7 歲）

月亮莎莎家族

我ㄨˇ媽ㄇㄚ媽˙

寇ㄎㄡˋ蒂ㄉㄧˋ莉ㄌㄧˋ亞ㄧㄚˋ・月ㄩㄝˋ亮ㄌㄧㄤˋ

伯ㄅㄛˊ爵ㄐㄩㄝˊ夫ㄈㄨ人ㄖㄣˊ

甜ㄊㄧㄢˊ甜ㄊㄧㄢˊ花ㄏㄨㄚ寶ㄅㄠˇ寶ㄅㄠˇ

我ㄨˇ 爸ㄅㄚˋ 爸ㄅㄚ˙
巴ㄅㄚ 特ㄊㄜˋ 羅ㄌㄨㄛˊ 莫ㄇㄛˋ ‧ 月ㄩㄝˋ 亮ㄌㄧㄤˋ
伯ㄅㄛˊ 爵ㄐㄩㄝˊ

我ㄨˇ ！
月ㄩㄝˋ 亮ㄌㄧㄤˋ 莎ㄕㄚ 莎ㄕㄚ

粉ㄈㄣˇ 紅ㄏㄨㄥˊ 兔ㄊㄨˋ 兔ㄊㄨ˙

國家圖書館出版品預行編目資料

月亮莎莎的冬季魔法／哈莉葉·曼凱斯特(Harriet
Muncaster)文圖;黃筱茵譯.——初版一刷.——臺北
市: 弘雅三民, 2022
　　面;　公分.——（小書芽）
　譯自: Isadora Moon Makes Winter Magic
　ISBN 978-626-307-725-6 （平裝）

873.596　　　　　　　　　　111011739

小書芽

月亮莎莎的冬季魔法

文　　圖	哈莉葉·曼凱斯特
譯　　者	黃筱茵
責任編輯	林芷安
美術編輯	黃顯喬

發 行 人	劉仲傑
出 版 者	弘雅三民圖書股份有限公司
地　　址	臺北市復興北路 386 號 (復北門市)
	臺北市重慶南路一段 61 號 (重南門市)
電　　話	(02)25006600
網　　址	三民網路書店 https://www.sanmin.com.tw

出版日期	初版一刷 2022 年 9 月
書籍編號	H859840
I S B N	978-626-307-725-6

Isadora Moon Makes Winter Magic
Copyright © Harriet Muncaster 2019
Traditional Chinese copyright © 2022 by Honya Book Co., Ltd.
Isadora Moon Makes Winter Magic was originally published in English
in 2019.
This translation is published by arrangement with Oxford University Press.
All rights reserved.

弘雅三民圖書

月亮莎莎

的冬季魔法

哈莉葉‧曼凱斯特／文圖

黃筱茵／譯

三民書局

獻給世界上所有的吸血鬼、仙子和人類！
也獻給牛津大學出版社最棒的童書團隊。

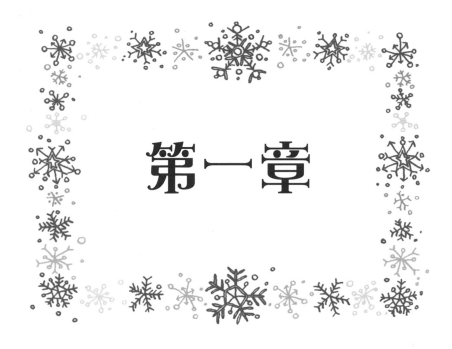

第一章

　　冷颼颼的星期一早晨，我走在上學的路上，粉紅兔兔則蹦蹦跳跳的跟在我身旁。天氣實在好冷，我看見結冰的蜘蛛網在早晨的陽光下閃耀，呼氣時還會吐出一團團彷彿雲朵般的白霧。因此我和粉紅兔兔都圍上了針織圍巾，戴上頂端有小絨球裝飾的羊毛帽。

當然啦，粉紅兔兔是絨毛玩具，所以其實不會冷，不過他還是很喜歡打扮。

粉紅兔兔本來是我最愛的玩偶，後來媽媽用魔法把他變成真的了。媽媽是仙子，所以能夠施展魔法喔。

　　到了學校後，我發現所有好朋友都聚在教室正中央，我想那裡肯定發生了什麼有趣的事。

　　「奧立佛要辦生日派對！」布魯諾在空中揮舞著一張五顏六色的邀請函。「有溜冰耶！」

　　「哇！我從來沒溜過冰耶！」柔依努力伸長了脖子想要看清楚。

　　「我也沒溜過冰！」我興奮的說。「好期待喔！」

　　可是過了幾分鐘我們才明白，奧立佛已經送出所有邀請函了。

　　他現在呆站在原地，看起來有點慌張，連臉頰都變得紅通通的。

　　「對不起……」他聳聳肩膀說。「因為溜冰很貴，我只能邀請三個朋友參加。」

「喔 …… 」柔依失望的說。

「好可惜喔。」薩希說，試著讓自己聽起來不難過。

我以為自己會收到邀請，所以感覺很糟的盯著地板看，什麼話也沒說，臉頰也跟著發燙了起來。

「真的很對不起，」奧立佛說。「真希望我可以邀請所有人一起參加！」

「沒關係啦，」柔依拍拍奧立佛的手臂說。「我們了解。」

「對呀。」薩希也說。「我們能理解啦！對吧，莎莎？」

「當然囉！」我立刻以雀躍的聲音回答。

接下來的一整天，我很努力的試著不去想奧立佛的派對，可是等下午回到家時，這件事還是牢牢懸在我的心上。

「怎麼啦？妳今天很安靜耶。」媽媽一邊問，一邊把我的點心花生醬三明治放在我面前。

「超安靜的。」爸爸剛起床，打著呵欠說。我爸爸是吸血鬼，所以他白天都在睡覺，只有晚上才醒著。

「沒事啦。」我回答。

「沒事？」爸爸說。「亂講！如果沒事的話，妳早就把那噁心的花生醬三明治吃光光了！」對爸爸來說，只要不是紅色的食物都很噁心。

「其實就是……」我開口說。「我朋友奧立佛要辦生日派對，可是他沒有邀請我啦。」

「好可惜喔。」媽媽邊說邊忙著幫我妹妹甜甜花寶寶搗碎酪梨。「不過妳也知道，別人不可能什麼活動都邀請我們參加呀。」

「媽媽說得對。」爸爸也說。「莎莎，奧立佛不是針對妳，他一定不想傷任何人的心。」

「我知道他一定不希望發生這種事啦。」我說。「我只是覺得有點沮喪。他要去溜冰耶！我從來沒溜過冰，真的好想試試看喔。」

「啊！以前我常常跟著姊姊在森林的空地上，用魔法變出溜冰場一起溜冰，好玩極了。」媽媽說。

「冷冰冰、亮晶晶的大自然真的很美喔！」

「妳是說克莉絲朵阿姨嗎？」我問。

「對呀，」媽媽說。「以前她會用仙女棒替我們變出最棒的溜冰場。妳還記得吧？克莉絲朵阿姨在冬天出生，所以專長就是雪魔法呀！」

「我知道，她是雪仙子嘛。」我說。「媽媽，真希望妳也是亮晶晶的雪仙子！」

「我才不希望咧！呼──！」爸爸說，用披風緊緊包裹住身體。

　　「我還是比較喜歡當夏天出生的仙子耶。花朵和陽光可是專屬於我的魔法呢！」媽媽邊說邊舀起搗碎的酪梨，送入甜甜花寶寶的嘴裡，只是妹妹馬上又吐了出來。

　　「說到克莉絲朵阿姨，」媽媽說。「我們好久沒見到她了，也許我應該邀請她週末過來玩？」

　　「妳是說真的嗎？」爸爸問，把披風裹得更緊了。「一定要嗎？她會讓屋子變得冷颼颼耶。」

　　「沒錯！」媽媽堅定的說。「跟家人相聚太重要了。我等等就用玻璃球和她聯絡，反正你隨時都可以抱著熱水袋呀。」

　　「哼！」爸爸抱怨。

　　「耶——！」我歡呼。

第二章

接下來的週末兩點整，前門響起了清脆的「叩、叩、叩」敲門聲。我跑去打開門，一陣夾帶著雪花的強風便吹進了走廊。

「莎莎！」克莉絲朵阿姨一邊喊邊把我拉向她，給了我一個冰冰涼涼的擁抱。她比我記憶中的樣子還漂亮，長長的銀色頭髮隨風飛揚，

秀髮上迷你的雪花閃閃發光，手上還提著看似用冰打造的行李箱。

「克莉絲朵阿姨，真高興妳來了！」我接過她手上的行李箱後，趕緊又放了下來，畢竟它實在太冰了。

「小寶貝，我也好開心再見到妳呀！」克莉絲朵阿姨高聲喊著。「這裡和我在北極的舒適小冰屋差好多喔。這裡似乎不怎麼下雪，對吧？」

「對呀，」我說。「好希望這裡也有雪喔！我聽媽媽說妳們小時候常常會一起去溜冰。」

「喔，對呀！」克莉絲朵阿姨說。「真的很好玩唷！莎莎，妳有溜過冰嗎？每個人至少都該體驗過一次！」

　　「沒有耶。」我說，心裡再次羨慕起奧立佛。「我朋友奧立佛今天舉辦生日派對，還邀了一些朋友一起去溜冰，可是我沒有受到邀請，因為溜冰很貴。」

　　「是啊，如果是去城市裡的大溜冰場，確實很貴，」克莉絲朵阿姨說。「不過如果妳跟我一樣是雪仙子，可就一點也不貴了！走，我們到後院的花園去吧！」

　　我興奮的拉起克莉絲朵阿姨的手，帶她走到後門。

　　克莉絲朵阿姨推開門，和我一起望著屋外的花園，然後她舉起仙女棒……咻 ── ！

隨著雪花閃閃發光，星星嘶嘶作響，花園正中央出現了堅硬又閃亮的冰面，有如一面鏡子在陽光下閃爍著。不過冰面四周圍著綠色草地，感覺有點奇怪。克莉絲朵阿姨一定也有同樣的感覺。只見她再度揮舞仙女棒，把整座花園變成了冰雪世界。現在樹枝上閃爍著晶瑩的霜，地面上覆蓋著厚厚的雪，連空氣也感覺不太一樣，變得又冷又寧靜，一切都安靜了下來。

「嗯，這樣感覺熟悉多了。」
克莉絲朵阿姨說。

「好美唷！」我輕聲讚嘆。

這時候，爸爸媽媽出現在我們
身後。

「嗨，姊姊！」媽媽開心的喊
著，把克莉絲朵阿姨拉過去，緊緊
擁抱了一下。「看來妳已經找到花
園了。哇，看看這些晶
瑩剔透的冰柱！」

「呼——！」
爸爸不斷搓著
雙手。

「下雪啦！」
我大喊，匆匆跑
回屋裡拿我的外
套、靴子和手套。

　　媽媽翻出了她的舊溜冰鞋，並用魔法幫每個人變出溜冰鞋，不過甜甜花寶寶除外，畢竟她太小了，沒辦法溜冰。爸爸穿上他最保暖的羊毛製吸血鬼披風，克莉絲朵阿姨則繞了屋子一圈，把所有門窗全部打開。

　　「屋子裡能有一點涼爽的微風真好。」克莉絲朵阿姨說。

　　「這比較像是極地的寒風吧！」爸爸一面抱怨，一面緊抓住羊毛披風，把身體裹得緊緊的。

　　接著我們都到戶外去。克莉絲朵阿姨教粉紅兔兔和我如何在溜冰場上滑行，只是粉紅兔兔的腳不斷打滑，他不太知道到底該怎麼溜。

爸爸倒是縮在溜冰場邊緣，發抖的望著我們。

　　「來嘛，巴特羅莫妹夫！」克莉絲朵阿姨說。「溜冰很好玩耶！」

　　「爸爸，你一定會喜歡的！這感覺就像在飛一樣！」我高喊，穿著溜冰鞋笨拙的旋轉著。

最後爸爸總算試探性的踏上了
溜冰場。他先伸出一隻腳，再踏出
另一隻腳滑上冰面，接著他撐開披
風，讓披風在身旁飄揚，並稍
微加快速度。

　　「哇！我真是天生好手！」他
驚訝的說。

　　過了一會兒，爸爸、媽媽、克莉絲朵阿姨和甜甜花寶寶都進到屋裡，剩下粉紅兔兔和我還繼續待在花園裡。

　　我真希望能找些朋友過來一起玩，可惜柔依和薩希沒空，奧立佛也忙著辦他的生日派對。

　　不知道派對現在開始了嗎？真好奇他又會準備哪種生日蛋糕呢？一想到這些事我的心情就變得有點沮喪，所以決定來做個雪人，讓自己開心起來。

　　「粉紅兔兔，來吧，」我邊說邊用雙手搓出一顆雪球。「你可以來幫我！」

　　我把雪球放在地上來回滾動，讓雪球越滾越大。「這顆就當作雪人的身體，你想要堆雪人的頭嗎？」我問粉紅兔兔。

　　但是粉紅兔兔沒興趣幫我的忙。因為他也在堆雪，他想自己堆一隻兔子，一隻冰雪兔兔！

　　所以我只好自己堆起了雪人的頭，在花園裡四處尋找能當成眼睛和鈕扣的材料。我發現花圃邊的雪裡埋著幾顆深色的鵝卵石，便把這些小石頭塞到雪人的頭上和胸前。

　　我覺得他還需要其他配件，於是跑進屋裡，拿出了掛在門後的披風。這是我最愛的披風，上面綴滿星星和月亮的圖案，非常適合我的雪人。

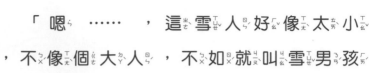

「嗯……，這雪人好像太小了，不像個大人，不如就叫雪男孩吧！」我說。

我後退幾步，欣賞自己的作品，粉紅兔兔也後退幾步，欣賞著他的作品。雪男孩的臉上掛著我用手指畫的巨大微笑，看起來十分友善，於是我也對他露出笑容。

就在這個時候，雪男孩眨了眨眼睛，嚇得我往後一跳！

「粉紅兔兔！」我說。「你看見了嗎？」

粉紅兔兔興奮的點點頭，舉起手對冰雪兔兔揮舞。一看到冰雪兔兔揮手回應，粉紅兔兔便開心的上下彈跳。接著冰雪兔兔蹦蹦跳跳的穿越花園，粉紅兔兔也跟在她身後跳，玩起了鬼抓人遊戲！

正當我用力盯著雪男孩看時，他的頭開始慢慢的轉了起來，彷彿他從來沒用過脖子，正在測試脖子的功能似的。

「一定是魔法雪的關係！」我倒抽了一口氣說。「是有仙子魔法的雪！」

我驚訝的望著雪男孩漸漸活了過來。他舉起一隻手臂揮了揮，再伸出一條腿，踩在沒人踏過的雪地上。他的披風在身後不斷鼓動，在空中揚起一陣陣晶瑩發亮的雪花。

我舉起手向他揮了揮。

「你好呀！」我說。「我是月亮莎莎。」

「月亮莎莎，那是什麼呀？」雪男孩問。

「是我的名字啊！」我告訴他。「我是吸血鬼仙子，而你是雪男孩喔！」

「雪男孩，」他說。「那就是我的名字嗎？」

「如果你想要的話，也可以當名字呀！」我回答。

「我喜歡這個名字。」雪男孩說。他望著四周的銀白花園，看著粉紅兔兔和冰雪兔兔跳來跳去。

「那是冰雪兔兔。」我說。「她跟你一樣，也是用雪堆出來的唷！」

「跟我一樣耶！」雪男孩笑著說，露出燦爛笑容。

接著他朝我走來，雪腳踏上了閃閃發亮的厚厚積雪，發出嘎吱嘎吱的聲音。我向他伸出手時，他握住了我的手。

「真開心現在終於有人可以跟我玩了！」我對他說。「我的朋友們今天不是沒空，就是去參加派對，他們還去溜冰呢。」

「溜冰聽起來很好玩耶。」雪男孩好奇的說。「那是什麼呀？」

「我示範給你看！我想你肯定會喜歡的！」我把我的溜冰鞋拿給他穿。

雪男孩解開鞋帶後，看了看鞋子裡面，接著把鞋子穿在手上。

「雪男孩，不是這樣穿啦！」我大笑著向他示範該如何把鞋子好好穿在腳上，然後帶他到溜冰場。粉紅兔兔和冰雪兔兔也蹦蹦跳跳的跟了過來。

冰雪兔兔立刻跳到冰上，用雪腳在冰面四處滑行，甚至踮起腳尖轉了一圈。粉紅兔兔則在溜冰場外看著，我想他是怕自己會出糗吧。

　　我向雪男孩示範兩腳如何交替踏步，以及如何在冰上滑行。只是沒穿溜冰鞋有點難溜，所以我一直跌倒。

　　「給妳。」雪男孩脫掉了溜冰鞋還給我。

　　「妳穿吧，我不需要溜冰鞋。」雪男孩對我說。

　　「你確定嗎？」我才剛問完，雪男孩早已跳回冰上，用雪腳在溜冰場上滑行、跳躍。

　　我們在冰上繞行、旋轉了好長一段時間，冰雪兔兔還做了很多愛現的動作。

　　最後等到我們開始覺得腿痠，才踏出溜冰場，回到雪地上。

　　現在時間有點晚了，天色也慢慢暗了下來。

　　「那是什麼呀？看起來好大喔。」雪男孩問，伸手指著我家。屋內的燈光從窗戶透了出來。

　　「那是我家呀！」我笑著說。「是我住的地方。你想進去參觀看看嗎？」

　　雪男孩點了點頭，於是我帶他穿過花園，從後門走進廚房。爸爸、媽媽，還有克莉絲朵阿姨都不在廚房裡，可是阿姨的仙女棒就放在桌上。

　　「大家一定都在客廳裡，」我說。「不過我晚一點再介紹你們認識。你要不要先去看看我房間？我有好多玩具可以跟你一起玩唷！」

「我從來沒看過玩具耶！」雪
男孩聽起來很興奮。

「跟我來吧！」我說。我們一
起跑上樓，粉紅兔兔和冰雪兔兔開
心的跟在我們身後蹦蹦跳。

第三章

　　等我們終於登上最高的塔樓，抵達我在塔樓頂端的房間時，雪男孩驚呼：「哇！這裡好高喔！」

　　「我們可以從這裡看見整座小鎮唷。」我指著窗外說。

　　我向雪男孩展示了一些我最喜歡的東西。我給他看我的娃娃屋、我的魔法美人魚項鍊（是真的美人

魚送我的），還有我的鑽石星星頭飾（是真的芭蕾舞者送我的）。

「這好閃亮，像冰一樣！」雪男孩邊說邊把頭飾戴在頭上轉圈圈。

「的確像冰一樣亮晶晶耶！」我說，看著雪男孩把頭飾舉到空中。

不一會兒，他又放下頭飾，走到我的書櫃旁邊。

「這些東西是什麼呀？」他問。「看起來很有趣耶。」

「是書呀！」我興奮的告訴他。

　　「書裡有很多故事和不同的世界唷！讓你看看我最喜歡的書吧！」我跪下來，翻開幾本書，向他介紹起書裡的圖片和角色。

　　「好有趣喔！」雪男孩說。

　　「我想要讀遍這裡所有的書！」

　　「那要花很長的時間唷，」我說。「不過我們可以試試看！也許我們還可以找粉紅兔兔和冰雪兔兔一起演出裡面的故事！」

　　「好呀，」雪男孩開心的說。「妳的主意真棒！一起玩好有趣！」

　　他的讚美讓我笑了，我感到非常開心，似乎連心裡都在發光。

　　我很喜歡跟雪男孩一起玩，好希望他能永遠留下來喔！不過就在這時候，我注意到一件事，讓我煩惱了起來。

　　當雪男孩伸手去翻書時，小小的水滴從他身上飛濺出來，弄得書本和地面上到處都是小水珠和小水灘。

「喔，天呀。」我說。「雪男孩，你正在融化耶！」

「融化？」雪男孩問，看起來很困惑。

「你等我一下，我試看看能不能讓你再次結冰。」我伸手去拿我床頭櫃上的仙女棒，可惜當我一揮，什麼事也沒發生。

「我不確定我的仙女棒能不能施展雪魔法耶，」我說。「也許我們應該回到戶外去。」

雪男孩失望的懇求著：「我們不能在這裡再待一下子嗎？我想看完這本書耶。」

「我們把書拿到外面看怎麼樣？」我提議。

可是雪男孩已經翻起書來，正專心摸著書上的插圖，把書弄得溼答答。看完書後，他又跳起來跑到我的衣櫃旁邊。他拉開衣櫃的門，脫掉披風，開始試穿我所有的衣服。

「我們該回到外面去了。」我說。我看著水開始漸漸沿著雪男孩的腿流下來，心裡又急又慌。

可是他只顧著試戴我的帽子，根本沒聽見我說的話。

我飛快的動起了腦筋，思考要怎麼阻止雪男孩在屋裡融化呢？這時，克莉絲朵阿姨放在廚房桌上的仙女棒，浮現在我腦海中。

「你在這裡等一下！我馬上回來喔！」我對雪男孩說完，便用最快的速度拍動翅膀飛下樓，進到廚房裡。

幸好仙女棒還放在桌上，於是我抓起仙女棒就飛回樓上。

雖然沒有事先詢問讓我有一點罪惡感，但我想**克莉絲朵阿姨一定不會介意的**。

等我回到房間時，發現雪男孩已經不像之前那麼有活力了。

他跳上跳下，煩惱的看著自己逐漸融化的腳，他的腳讓地板上積了一灘又一灘的小水窪，冰雪兔兔則把頭探出窗外，試圖讓身體冷卻下來。

我迅速在空中揮起仙女棒，想像整個房間都結成了冰。

說時遲那時快，雪花和亮片在空中四處飛舞，我的手臂也隨之冒出嘶嘶作響的電光。

這根仙女棒的力量比我的強大太多了！

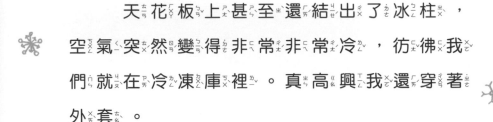

一瞬間，我的床開始結霜，地板也變得硬梆梆又亮晶晶，就像溜冰場一樣。

天花板上甚至還結出了冰柱，空氣突然變得非常非常冷，彷彿我們就在冷凍庫裡。真高興我還穿著外套。

「這樣感覺好多了！」雪男孩鬆了口氣說，一邊扭啊扭的把腿往前伸，好在這次沒有水滴下來了。

他打開我娃娃屋的前門，開始

　　玩模型屋裡的東西。我跪在他旁邊，跟著玩了起來。

　　我好高興自己總算阻止新朋友融化，完全忘了要把克莉絲朵阿姨的仙女棒放回去。

　　我們假裝自己是小人國裡的巨人，玩得好開心，開心到忽略了樓下傳來的陣陣呼喊。

　　過了好一會兒，等到聲音離房間門口越來越近時，我才聽見。

　　「莎莎！」爸爸說，牙齒不斷咯咯打顫。「這是妳做的嗎？」

　　「我的仙女棒呢？」克莉絲朵阿姨驚慌的問。

　　「這是怎麼一回事呀？」媽媽大喊。

我ㄨㄛˇ愧ㄎㄨㄟˋ疚ㄐㄧㄡˋ的ㄉㄜ˙抬ㄊㄞˊ起ㄑㄧˇ頭ㄊㄡˊ，看ㄎㄢˋ見ㄐㄧㄢˋ爸ㄅㄚˋ爸ㄅㄚ˙、媽ㄇㄚ媽ㄇㄚ˙和ㄏㄜˊ克ㄎㄜˋ莉ㄌㄧˋ絲ㄙ朵ㄉㄨㄛˇ阿ㄚ姨ㄧˊ站ㄓㄢˋ在ㄗㄞˋ房ㄈㄤˊ門ㄇㄣˊ邊ㄅㄧㄢ，臉ㄌㄧㄢˇ色ㄙㄜˋ看ㄎㄢˋ起ㄑㄧˇ來ㄌㄞˊ都ㄉㄡ不ㄅㄨˊ是ㄕˋ很ㄏㄣˇ高ㄍㄠ興ㄒㄧㄥˋ。

「我只是施了一點點雪魔法啦，」我很小聲的說。「這樣雪男孩才不會融化！」

「但是妳把整間屋子都變成冰屋了！」媽媽說。「我可愛的植物和花朵通通都結凍了！它們會凍死的！」

「而且地板還一直打滑！」爸爸抱怨。「我已經跌倒兩次了！」

「嬰兒椅也變得又冷又冰，甜甜花寶寶都沒辦法坐了！」媽媽哀號。

「我的仙女棒呢？」克莉絲朵阿姨問。

「在這裡！」我把仙女棒還給她，心裡開始難過了起來。

「真的很抱歉，我以為妳不會介意。我只是想阻止雪男孩融化，讓我的房間結凍而已，我真的不知道這樣會讓整間房子都結凍。」

「這根仙女棒的威力很強大。」克莉絲朵阿姨說。「妳不應該沒問就拿走，這樣可能會發生危險耶。」

「對不起，」我再次道歉。「真的很對不起。」

「嗯，不可以再犯了喔。」克莉絲朵阿姨說。「要借走別人的東西前，一定要先問過他們才行。」

「我知道了，」我很小聲的回答。「我以後不會了。」

　　克莉絲朵阿姨露出微笑，把手搭在雪男孩的肩膀上問：「這是妳的新朋友呀？是妳用我的魔法雪把他堆出來的嗎？」

　　「對呀！還有冰雪兔兔喔！」我用手指著冰雪兔兔說。她現在正快樂的在房裡跳來跳去，粉紅兔兔則因為雙腳不斷打滑，看起來不怎麼開心。

　　「我們一起玩得好高興。」我說。「我們本來想繼續在房間裡玩，雪男孩想再看看我的東西。」

　　「是呀！」雪男孩邊說邊站了起來，對大家鞠躬。「這裡的一切都好有趣，我真的好喜歡喔！而且我也好喜歡跟莎莎一起玩。」

「我也喜歡跟雪男孩一起玩！」我說。「希望他不會融化，可以永遠留下來！」

媽媽對雪男孩笑了笑，可是表情卻看起來有點緊張，爸爸也露出了擔心的樣子。

「我不確定可能性高不高耶。」媽媽說。「魔法的效果不可能永遠維持下去，尤其是跟雪有關的魔法。而且就算是魔法雪最後也會融化啊。」

「可是……」我的眼睛裡泛起了淚水，雪男孩臉上愉悅的笑容也消失了。「我們不能讓雪男孩融化！」我放聲大哭。「總之就是不能啦！我的房間可以永遠冷得跟冰屋一樣！我不會介意！而且我們

為什麼不能讓花園一整年都在下雪呢？」

「因為花園裡的動物和植物需要不同的季節才能活下去呀，」媽媽溫柔的說。「而且妳也不能永遠住在冰凍的房間裡，這個辦法是行不通的，我的寶貝小親親。」

「我才不要住在像冰屋的房子裡。」爸爸堅定的說。

「可是……」我啜泣著說，眼淚啪答啪答的滴在地板上，立刻結冰了。雪男孩看起來很困惑。

「為什麼雪會從妳的眼睛裡冒出來呀？」他問。

「那是眼淚啦。」克莉絲朵阿姨解釋。「莎莎很在乎你，所以不想要失去你呀。」

她把我和雪男孩都拉進懷裡，給我們一個擁抱。「莎莎說得對，我們不能放棄自己愛的人。我知道一個雪男孩和冰雪兔兔可以去的地方，他們在那裡永遠不會融化。」

「哪裡呀？」我吸著鼻子問。

　　「冰雪之國呀，」克莉絲朵阿姨說。「雪仙子女王就住在那裡。那個地方離這裡很遠，不過我覺得莎莎妳那麼勇敢，一定到得了。不過當然啦，妳還需要一張星星地圖才行。」

　　「星星地圖！」爸爸說，精神振奮了起來。「這我可以幫忙！」

第四章

　　接著我們走出房間，來到爸爸的天文塔。爸爸最大的興趣就是看星星，他還擁有一座特別的天文望遠鏡呢。

　　克莉絲朵阿姨把眼睛貼近天文望遠鏡，抬頭望著如今漸漸暗下來的天空。

　　「嗯嗯 …… 嗯 …… 嗯。」她拿出一張紙，開始在上頭迅速畫一些小小的圖案。

　　「給妳！」阿姨把她畫的星星

地圖給了我。我低頭盯著圖上的小星星，然後又用天文望遠鏡看了一下天空。

　　我看得出來阿姨要我往哪裡去，畢竟天上有一排特別明亮的星星指引著方向。我勇敢的把星星地圖塞進口袋，深吸了一口氣。

　　「那我還是趕快出發吧。」我說。「感覺要花好長一段時間才到得了。」

　　要去新的地方好像讓雪男孩很擔心。他咬了咬嘴脣，抱起冰雪兔兔貼在身上，撫摸起冰冷的兔毛。

　　媽媽看起來也很擔心。

　　「妳不能自己去啦。」她說。「如果迷路了怎麼辦？我跟妳一起去吧！」

　　「我不會迷路的，妳不必跟我一起去啦！」我向媽媽保證。

「雪男孩是我堆出來的，所以我有責任陪他去冰雪之國。我自己辦得到啦！」我說。

「可是……」媽媽擔心的搓著手說。「妳沒辦法飛那麼遠啊！妳的翅膀還那麼小耶。」

「我也覺得妳會累翻的！」爸爸說。「讓我送雪男孩去吧。我飛得超快耶！」

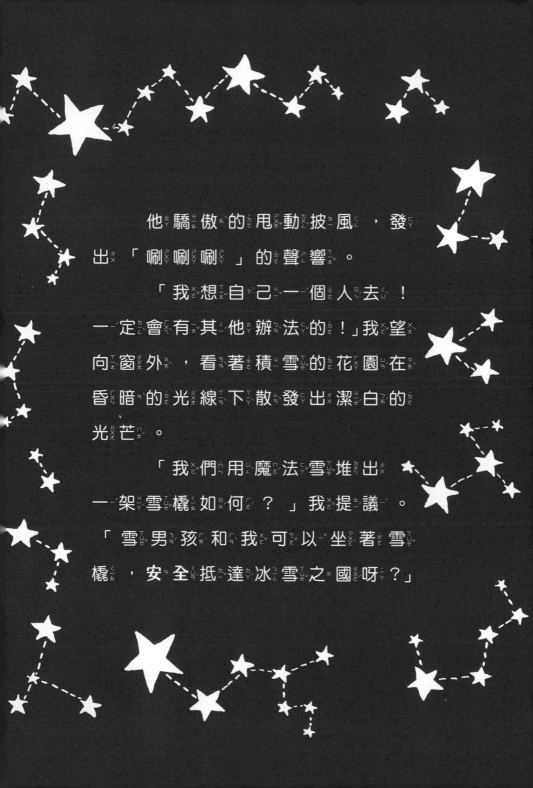

他驕傲的甩動披風，發出「唰唰唰」的聲響。

「我想自己一個人去！一定會有其他辦法的！」我望向窗外，看著積雪的花園在昏暗的光線下散發出潔白的光芒。

「我們用魔法雪堆出一架雪橇如何？」我提議。「雪男孩和我可以坐著雪橇，安全抵達冰雪之國呀？」

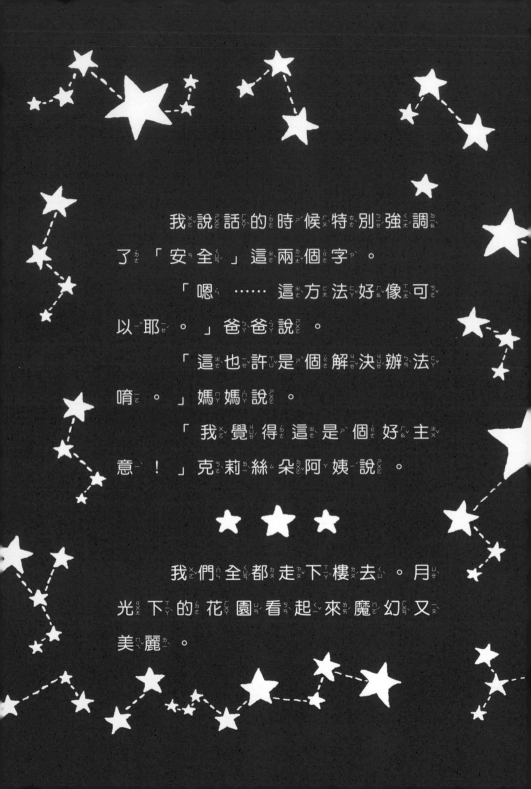

我說話的時候特別強調了「安全」這兩個字。

「嗯⋯⋯這方法好像可以耶。」爸爸說。

「這也許是個解決辦法唷。」媽媽說。

「我覺得這是個好主意！」克莉絲朵阿姨說。

我們全都走下樓去。月光下的花園看起來魔幻又美麗。

我們把雪聚集起來，開始堆出雪橇的形狀。

　　「雪橇要有蝙蝠翅膀才行！」爸爸興奮的用閃閃發光的雪堆出一對翅膀。

　　「雪橇要很花俏才行。」媽媽在雪橇的兩隻腳上加上彎彎曲曲的線條裝飾。雪男孩和我幫忙堆出雪橇裡的座位，粉紅兔兔和冰雪兔兔則在一旁興奮的蹦蹦跳跳。

等雪橇完成後，我們都往後退了一步欣賞著成果。這時候，爸爸說：「太棒了！你們坐這架雪橇會非常安全，而且它還有一個方向盤，輕輕鬆鬆就可以轉彎喔！」

　　用雪堆出來的雪橇在新月的映照下閃閃發亮。它先是輕輕抖動又左右震動，然後拍動巨大的蝙蝠翅膀，飛離雪地，揚起一大片的雪花。

　　「我去拿件毯子來！」媽媽說著，快步跑進屋裡。

　　雪男孩、粉紅兔兔、冰雪兔兔和我坐上了飛在半空中的雪橇。

　　我ㄨˇ從ㄘㄨㄥˊ口ㄎㄡˇ袋ㄉㄞˋ裡ㄌㄧˇ拿ㄋㄚˊ出ㄔㄨ星ㄒㄧㄥ星ㄒㄧㄥ地ㄉㄧˋ圖ㄊㄨˊ攤ㄊㄢ在ㄗㄞˋ

膝ㄒㄧ蓋ㄍㄞˋ上ㄕㄤˋ，又ㄧㄡˋ點ㄉㄧㄢˇ亮ㄌㄧㄤˋ仙ㄒㄧㄢ女ㄋㄩˇ棒ㄅㄤˋ，好ㄏㄠˇ讓ㄖㄤˋ自ㄗˋ己ㄐㄧˇ

看ㄎㄢˋ得ㄉㄜˊ清ㄑㄧㄥ楚ㄔㄨˇ。

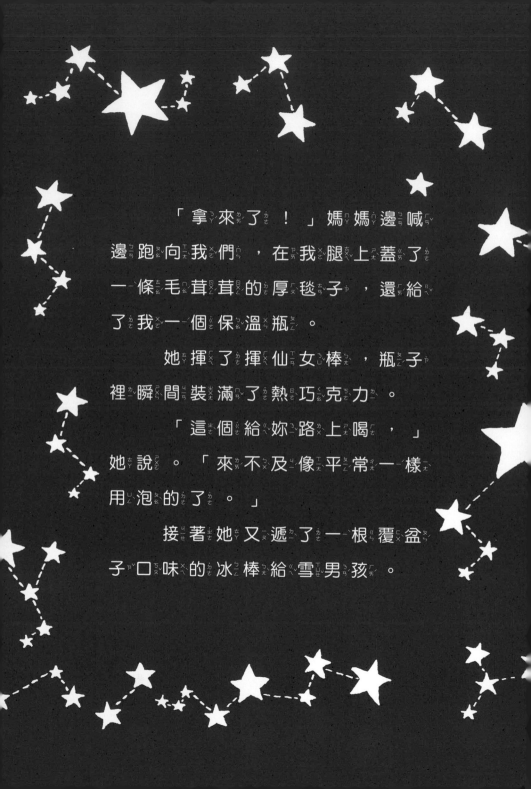

「拿來了！」媽媽邊喊邊跑向我們，在我腿上蓋了一條毛茸茸的厚毯子，還給了我一個保溫瓶。

她揮了揮仙女棒，瓶子裡瞬間裝滿了熱巧克力。

「這個給妳路上喝，」她說。「來不及像平常一樣用泡的了。」

接著她又遞了一根覆盆子口味的冰棒給雪男孩。

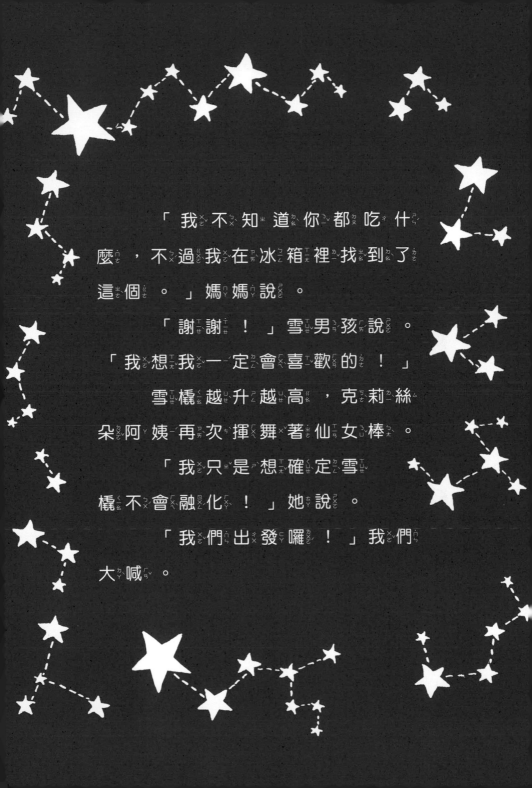

「我不知道你都吃什麼，不過我在冰箱裡找到了這個。」媽媽說。

「謝謝！」雪男孩說。「我想我一定會喜歡的！」

雪橇越升越高，克莉絲朵阿姨再次揮舞著仙女棒。

「我只是想確定雪橇不會融化！」她說。

「我們出發囉！」我們大喊。

然後我們探頭朝下方望著爸爸、媽媽和克莉絲朵阿姨的身影變得越來越小、越來越遠。沒過多久，他們就小到像是地面上三個小點，而我們還在繼續往上升，飛進了廣闊無邊、星光閃爍的天空。

「我們要先往那顆星星的方向
飛。」雪男孩低頭看了一眼地圖後，
指著天空中一顆特別明亮的星星。他
撕開冰棒的包裝紙，舔了一口。

「好吃耶！」他說。我駕著雪
橇，飛向那顆明亮的星星，然後打開
保溫瓶，喝了一小口熱巧克力。我感
覺全身都暖了起來，不僅充滿活力，

頭腦也變得比較清醒。媽媽一定在熱巧克力裡加了一點仙子魔法！

「從這裡往下看真的好美喔！」雪男孩讚嘆。「下面的一切看起來都好迷你唷！」

「對呀。」我表示認同，有點緊張的從雪橇側邊向下望。微小的光點照亮了街道和住家，沿著道路移動的車子看起來就像是玩具或小昆蟲。

「那是第二顆星星，」我說，指著遠處另一顆一閃一閃的星星。「現在我們得朝著那顆星星飛了。」

雪男孩把雪橇轉到正確的方

向，然後我們繼續嗖嗖嗖的迅速前進。風把我的頭髮和雪男孩的披風都吹得鼓鼓的。

在寂靜的夜裡飛了好長一段時間後，粉紅兔兔和冰雪兔兔在我們腳邊蜷起身體睡著了。

我們跟隨著一顆顆星星，飛越了高山、湖泊與溪流，也飛越波光閃閃的大海與海面上的白色浪花。

最後底下的陸地開始漸漸變白，我們飛到了一個空曠寒冷的地方，地上滿是亮晶晶的冰雪，似乎半個人影也沒有。漆黑的夜空中閃爍著七彩的光芒，把雪地照得像萬花筒般耀眼。

「那是什麼呀？」雪男孩指著前面問。我瞇起眼睛，看見寒冷的山頂上有個又高又尖的東西。

「可能是座城堡，」我興奮的說。「也許是雪仙子女王的宮殿！」

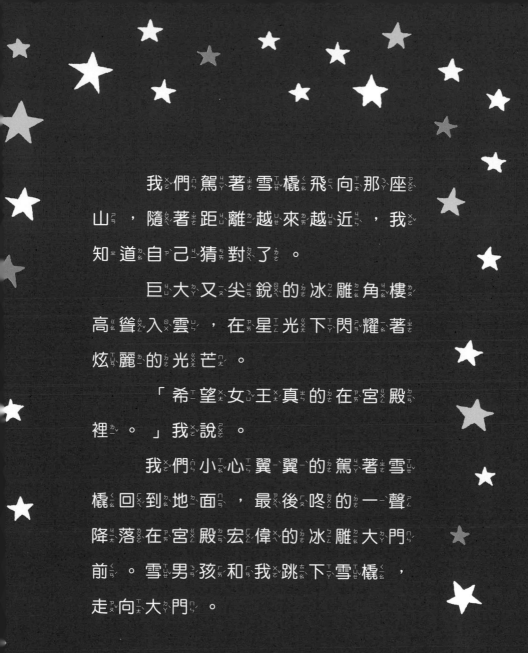

　　我們駕著雪橇飛向那座
山，隨著距離越來越近，我
知道自己猜對了。

　　巨大又尖銳的冰雕角樓
高聳入雲，在星光下閃耀著
炫麗的光芒。

　　「希望女王真的在宮殿
裡。」我說。

　　我們小心翼翼的駕著雪
橇回到地面，最後咚的一聲
降落在宮殿宏偉的冰雕大門
前。雪男孩和我跳下雪橇，
走向大門。

　　雪積得好厚，高度都到我們的膝蓋了，於是我們只好把粉紅兔兔和冰雪兔兔抱在懷裡。

　　「我好像很適合這裡耶！」雪男孩深吸了一口冷冰冰的空氣，心滿意足的望著四周廣闊無邊的雪景。

　　我提起門環敲了敲，接著聽見宮殿裡傳來一陣低沉的隆隆聲，讓我突然有點膽怯。

　　「希望女王不介意我們突然來拜訪。」我說。

　　我們在門前等待幾分鐘後，大門打開了。門後站著一個穿著背心的雪人，看起來非常友善。

「你好！」我模仿爸爸打招呼的樣子伸出手來。「我叫月亮莎莎，我們有很重要的事情想找雪仙子女王。」

「很重要的事情？」雪人笑了出來。「嗯，那你們趕快進來！我是女王的管家，請跟我來吧。」

踏進宏偉的大廳後，我小心的走在光亮的冰面地板上，努力不要滑倒。我們頭上垂掛著一盞用雪花和冰柱做成的冰晶吊燈，在我們經過時，不斷發出叮叮噹噹的聲音。

「我應該帶溜冰鞋來的！」我滑過地板，悄悄的對雪男孩說。我們跟著管家走過冰冷的長廊，經過一幅幅雪人的畫像，接著穿過一扇門，進到另一個偌大的房間。

這個房間裡有一張冰雕的桌子，桌上堆滿了食物，多到有一座小山那麼高。雪仙子女王坐在桌子後方，頭上戴著一頂高高的皇冠，讓我一眼就看出她是女王。她的皇冠是由上下顛倒的冰錐組成，只要她頭一晃動便閃爍發光。

女王的皮膚很白，像雪一樣微微發光，可是當她一微笑，我感覺從頭到腳都溫暖了起來。

「女王陛下您好。」我屈著膝對女王行禮（我在芭蕾舞課有學過這個動作！），雪男孩則誇張的揮著手，行了一個鞠躬禮。

「你們叫什麼名字呀？」女王問。她感覺非常和善，所以我跟她說話時不會覺得害怕。

「我叫月亮莎莎，是個吸血鬼仙子。」我回答。「他叫雪男孩，是我在家裡的後花園用魔法雪堆出來的雪人。我的克莉絲朵阿姨是個雪仙子，她說就算是魔法雪，最後還是會融化，如果我不想讓雪男孩融化，就必須帶他來冰雪之國，

於ㄩˊ是ˋ我ㄨˇ們˙就ㄐㄧㄡˋ來ㄌㄞˊ找ㄓㄠˇ您ㄋㄧㄣˊ了˙。」

「魔ㄇㄛˊ法ㄈㄚˇ雪ㄒㄩㄝˇ的˙確ㄑㄩㄝˋ會ㄏㄨㄟˋ融ㄖㄨㄥˊ化ㄏㄨㄚˋ。」女ㄋㄩˇ王ㄨㄤˊ點ㄉㄧㄢˇ了˙點ㄉㄧㄢˇ頭ㄊㄡˊ說ㄕㄨㄛ。雪ㄒㄩㄝˇ男ㄋㄢˊ孩ㄏㄞˊ聽ㄊㄧㄥ到ㄉㄠˋ後ㄏㄡˋ顯ㄒㄧㄢˇ得ㄉㄜˊ十ㄕˊ分ㄈㄣ害ㄏㄞˋ怕ㄆㄚˋ。

「拜ㄅㄞˋ託ㄊㄨㄛ請ㄑㄧㄥˇ別ㄅㄧㄝˊ讓ㄖㄤˋ我ㄨㄛˇ融ㄖㄨㄥˊ化ㄏㄨㄚˋ！」他ㄊㄚ懇ㄎㄣˇ求ㄑㄧㄡˊ著˙。

　　「別擔心，你在這裡是絕對不會融化的。」女王站起來抱了抱雪男孩，然後用手指著桌子。「你們大老遠跑來，要不要吃點東西呀？我正好要吃點心呢。」

　　雪男孩、粉紅兔兔、冰雪兔兔和我跟著女王在桌子旁邊坐了下來。桌上除了有冰淇淋蛋糕，還有水蜜桃雪酪和草莓冰沙。

　　所有食物都冰涼又美味。我們一邊享用，一邊聊天。我分享了吸血鬼仙子的生活，女王則告訴了我們冰雪之國的一切。

　　雪男孩聽得十分入迷，也吃得非常開心，嘴巴忙到都沒時間講話了！

「其實，我很佩服你們竟然找得到我的宮殿。」女王說。「這裡不好找，你們一定非常勇敢！」

「我們有一張星星地圖。」我說。「我只是想幫雪男孩，不想讓他融化啦！」

「嗯，那你們來對地方了。」女王說著，轉身面向雪男孩和冰雪兔兔。

「你們要不要跟我一起住在這裡呀？」女王問他們。「我的國度裡有很多用雪堆出來的動物和雪人喔。」

「我非常樂意！」雪男孩說，環顧著宮殿裡有如鏡面般的冰冷牆壁。「我覺得自己很適合這裡！」

他露出大大的笑容，冰雪兔兔也開心的跳上跳下。這時候，雪男孩突然垂下了肩膀看著我，看起來有點傷心。

「莎莎，我會想念妳的。」他說。「妳是我最好的朋友！」

「雪男孩，我也會想念你的。」我有些哽咽，感覺像是有什麼東西卡住了喉嚨。「也許我偶爾可以來拜訪你？」

「莎莎，這裡隨時歡迎妳來喔。」女王說。「不過在妳下次來拜訪之前，我有個很棒的主意！」

她站起來，快步走到一個大箱子旁邊，打開箱子拿出兩顆雪花玻璃球，裡面有一座小小的冰宮殿模型。

「這些雪花玻璃球有魔法，」她說。「只要搖一搖，你們就可以看見對方，還可以聊天喔！」

「哇！」我倒抽一口氣，從女王手中接過一顆雪花玻璃球，盯著裡頭小巧的雪世界。我從來沒見過這麼美麗又精緻的模型！我搖了搖玻璃球，細小的雪花和亮粉旋轉飛舞，飄落在小巧的宮殿四周。我再用力搖動一下，雪男孩的臉便浮現在玻璃球上。

「我看見你了！」我盯著雪花玻璃球說。

「我也看見妳了！」雪男孩大笑。

我抬頭對著女王微笑。「我好喜歡喔！」我說。跟雪男孩說再見似乎不再是那麼難過的事了，因為我們現在有保持聯絡的好辦法。

「謝謝您！」

「不客氣唷！」女王說。「我帶你們參觀一下宮殿如何？」

「好啊，謝謝女王陛下！」雪男孩和我興奮的回答。

我們兩個站了起來，跟著女王走過亮晶晶的白色走廊，爬上一座宏偉的階梯，走到宮殿二樓。

那裡有間大房間，用雪堆出來的各種生物和雪人就在房間裡玩耍。

北極熊在踢雪球，幾隻冰雪飛龍繞著吊燈飛來飛去，吐出陣陣雪花；還有一對小小的冰雪水獺坐在圓桌旁玩著冰雕西洋棋。

　　房間正中央有個雪人芭蕾舞者在旋轉、跳舞；四周有幾個也是用雪堆成的男孩和女孩到處跑來跑去，玩著鬼抓人。

　　大家看起來都很開心，我們經過時還有很多人對我們微笑。雪男孩朝他們揮了揮手，大概是看到同伴非常興奮吧！

　　「你是新來的耶！」一個踢著大雪球的男孩大喊，跑過來拉住了雪男孩的手臂。

　　「來，我帶你們去看看我最喜歡做的事情！」男孩邊說邊招手要我們跟他走出房間，往一座巨大的樓梯走去。

「你們看！」男孩跳上了一根冰雕的欄杆，然後一口氣溜到樓梯底下。

「耶——！」男孩歡呼。

雪男孩也學他溜下了欄杆，接著是粉紅兔兔、冰雪兔兔還有我。女王只是在一旁微笑的看著我們。

「這件禮服是用最完美的雪花編織出來的，所以我就不溜啦，免得毀了這件衣服。」她解釋。

又溜了幾趟後，我停了下來，退到後面站著看大家玩。我打起了呵欠，粉紅兔兔看到我打呵欠，也跟著打起了呵欠。

「你們一定累了吧。」女王說。「也許你們該回家了？」

「好像是耶。」我不情願的說。其實我不想回家，一想到雪男孩可以留在這個亮晶晶的美麗世界，我心裡就有點羨慕。不過他這麼開心，還是讓我很高興，畢竟這比什麼都重要。

女王帶我們下樓，走到宮殿宏偉的大門邊。

「莎莎，很高興認識妳。」女王說。「謝謝妳送雪男孩過來，我會好好照顧他的。」

「這沒什麼啦。」我又打了一個呵欠說。「謝謝您今天晚上招待我們吃大餐！」

女王彎下腰來，在我的臉頰上親了一下，感覺冰冰涼涼的。

　　雪男孩也伸出手臂，給我一個大擁抱，也是冰冰涼涼的。

　　「莎莎，謝謝妳為我做的一切。」雪男孩說。「我會想念跟妳一起玩的時光。」

「妳是我第一個朋友，也永遠都會是我最特別的朋友。要記得看雪花玻璃球，也別忘了偶爾來找我玩喔！」

「我會的。」我告訴他，把雪花玻璃球緊緊貼在胸前。

我抱起粉紅兔兔，嘎吱嘎吱的踩著雪地回到雪橇上。我蓋上毯子，再次拿出星星地圖。

「再見！」雪橇飛上天空時，我喊著。

「再見！」雪男孩也大喊。

雪橇越飛越高，女王、雪男孩和冰雪兔兔都揮著手向我道別。我看了看星星地圖，找到了指引我回家的第一顆星星。

它在天空中一閃一閃的發光，
指引著我回家的路。

第五章

　　我們到家時，天都快亮了，不過爸爸、媽媽和克莉絲朵阿姨都熬夜在等我回來。雪橇一降落，媽媽就立刻跳上來，給了我一個大大的擁抱。

　　「結果怎麼樣？」媽媽問。「妳還好嗎？」

「我很好呀！一切都很棒！」我告訴媽媽，也用力的抱住她。

「做得好！」媽媽說。「妳表現得太棒了！」

「快去睡覺吧，現在正好也到我睡覺的時間了！」爸爸看了看他的錶，接著把我抱進屋裡、放到床上。只是我都還沒躺到枕頭上就已經睡著了。

我整個早上都在睡覺，甚至睡過午餐時間，等我再醒來時，已經下午了。

「我做了一個好特別的夢喔！」我對粉紅兔兔說，然後揉一揉眼睛，又眨了一眨眼，才想起那根本不是夢。

　　我們的確到冰雪之國冒險了！起床照鏡子時，我發現臉頰上出現了一個雪花形狀的印記，就在雪仙子女王親過的地方。

　　「它會隨著時間漸漸消失。」克莉絲朵阿姨說。我在廚房吃點心時，給她看了我臉上的雪花印記。

　　「但它存在的時候依然很美。」她說。

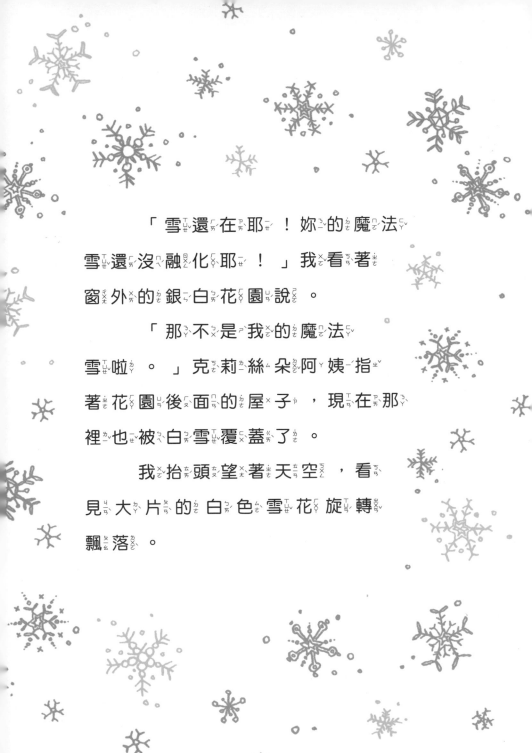

「雪還在耶！妳的魔法雪還沒融化耶！」我看著窗外的銀白花園說。

「那不是我的魔法雪啦。」克莉絲朵阿姨指著花園後面的屋子，現在那裡也被白雪覆蓋了。

我抬頭望著天空，看見大片的白色雪花旋轉飄落。

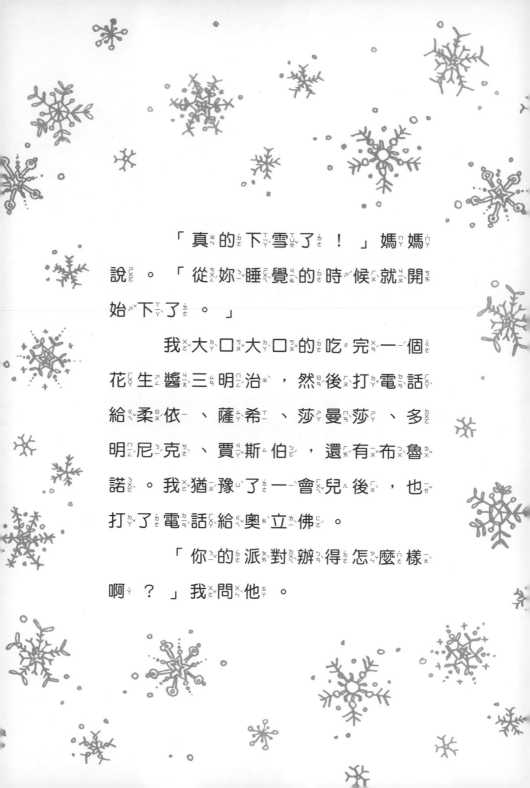

「真的下雪了！」媽媽說。「從妳睡覺的時候就開始下了。」

我大口大口的吃完一個花生醬三明治，然後打電話給柔依、薩希、莎曼莎、多明尼克、賈斯伯，還有布魯諾。我猶豫了一會兒後，也打了電話給奧立佛。

「你的派對辦得怎麼樣啊？」我問他。

「很棒啊，謝謝關心。」奧立佛說。「我有幫妳留了一些蛋糕和一顆氣球喔！」

「真的嗎？」我說。「太棒了！謝謝你！」

「不客氣。」奧立佛說。「對了，現在下雪了耶！妳要不要來玩雪呀？」

「我也正想找你玩雪！」我說。

柔依第一個到。我們一起跑進花園裡，開始滾雪球、堆雪人。雖然我心底非常清楚魔法雪已經融化了，但還是有一點希望這些雪人會像昨天那樣活過來。

過了一會兒，薩希加入了我們，然後奧立佛、布魯諾、莎曼莎、多明尼克，還有賈斯伯也都來了。我們開始搓雪球互扔。雪球唰唰的打在身上，順著脖子滑落，噴得我們的外套上到處都是雪。這簡直是我打過最好玩的雪仗了！

之後我們進到屋裡，媽媽融化了一根巧克力棒，幫所有人都泡了特別香濃的熱巧克力。我們在熱巧克力上面擠了點鮮奶油，還撒上棉花糖。

我小口小口的吃著奧立佛的生日蛋糕，開心的看著身旁的朋友們。我和雪男孩度過了很美好的時光，也很想念他，可是我也很愛我的老朋友。

熱巧克力讓我全身都溫暖了起來，心裡也感覺很舒暢。我露出滿足的微笑。

這個週末還真是精采，我等不及晚上用雪花玻璃球跟雪男孩聯絡了。和雪男孩一起去冰雪之國冒險的回憶，我一定會永遠珍藏在心底！

雪花玻璃球

你想跟莎莎一樣擁有自己的雪花玻璃球嗎？

快來DIY！雖然它可能不會有魔法，可是看起來一定很神奇！

你需要準備：

☆ 一個乾淨的果醬罐

☆ 白色樹脂黏土（非必要）

☆ 塑膠小樹模型和聖誕風格的塑膠小人偶

☆ 亮粉

☆ 水

☆ 甘油（藥局就買得到喔！）

☆ 環氧樹脂或其他防水膠（樹脂可以到手工藝材料行買喔！）

☆ 一位願意幫忙黏東西的大人

如何製作：

1. 在果醬罐的蓋子上，用白色樹脂黏土捏出一座小雪山當底座，這樣小人偶擺上去比較容易被看到。（要確保蓋子還能再蓋回罐子上喔！）

2. 請大人幫忙把小人偶和小樹模型黏在小山上，再把小山黏在蓋子上。

3. 等待十五分鐘，讓膠水乾掉。

4. 在罐子裡裝八分滿的水，再倒入甘油，把罐子裝滿。加入兩匙亮粉後攪拌均勻。

5. 把蓋子蓋回罐子上。一定要轉緊，才不會漏水喔！

6. 把罐子上下顛倒的擺放。接著只要輕輕搖晃，就可以看到旋轉的雪花囉！

冰凍咒語遊戲

為了練習冰凍咒語，莎莎
施法讓她所有的玩具都活
了過來。現在一起來練習
莎莎的冰凍咒語吧！

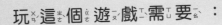

玩這個遊戲需要：

 開闊的場地

☆ 一根棒子

（當作仙女棒）

1. 一個小朋友扮演「莎莎」，
   其他人扮演「玩具」。

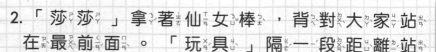

2. 「莎莎」拿著仙女棒，背對大家站
   在最前面。「玩具」隔一段距離站
   在「莎莎」後面。

3. 開始遊戲後，「玩具」必須趁著「莎莎」背對大家的時候往前走。

4. 「莎莎」可以隨時轉頭，用仙女棒指著「玩具」，大喊咒語「冰凍！」

5. 所有「玩具」聽到後必須一動也不動。

6. 「莎莎」如果發現哪個「玩具」搖搖晃晃或是移動了，就可以要求他們返回起點。

7. 第一個碰到「莎莎」肩膀的「玩具」會得到仙女棒，變成「莎莎」，開始新一輪的遊戲！

月亮莎莎

趣味測驗

你最適合住在哪裡呢？
做個測驗找出答案吧！

❶ 你最喜歡吃什麼？

A. 冰淇淋蛋糕

B. 花生醬三明治

C. 我今天午餐吃的東西

❷ 你最喜歡做什麼？

A. 從滑溜溜的欄杆往下溜

B. 練習魔法

C. 玩我自己的玩具

❸ 如果你有魔法，你會做什

麼呢？

A. 讓每一天都下雪

B. 讓我最愛的娃娃活過來

C. 讓莎莎來我家玩

測驗結果揭曉！

大部分選 A：

你喜歡在雪中玩耍和奔跑，很適合住在雪仙子女王的宮殿！

大部分選 B：

你喜歡發揮想像力，一定和莎莎的家人非常合得來，很適合住在莎莎家裡！

大部分選 C：

你喜歡和家人待在一起，在家就能找到各種樂趣，最適合住在自己的家裡喔！

所以，你適合住在雪仙子女王的宮殿、莎莎家裡，還是住在自己家裡呢？

☐ 雪仙子女王的宮殿

☐ 莎莎的家

☐ 自己的家

月亮莎莎惹上大麻煩

月亮莎莎

惹上大麻煩

哈莉葉‧曼凱斯特/文圖　黃筱茵/譯

三民書局

學校的「**寵物日**」要到了，莎莎本來打算帶粉紅兔兔去
學校，但表姊米拉貝兒卻用魔藥變出一頭**飛龍**，要給莎
莎當寵物！

莎莎禁不起表姊的慫恿，竟同意帶飛龍去學校！
這下子「寵物日」當天到底會發生什麼事呢？

月亮莎莎與鬧鬼城堡

櫻桃老師帶全班去一座陰森的古堡博物館校外教學，竟遇到在古堡裡住了上百年的「**鬼魂**」奧斯卡！莎莎和她的吸血鬼爸爸見怪不怪，但其他人都十分害怕。

古堡裡的鬼魂到底有多嚇人？**他們的撞鬼之行又會迎來什麼樣的結局呢？**

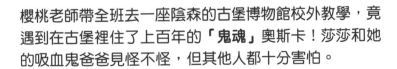

月亮莎莎魔法新樂園

莎莎和家人滿心期待要去人類的「**超炫遊樂園**」玩，但到了之後卻發現那裡竟然冷冷清清，遊樂設施也十分破舊，**一點也不炫**。或許使用一點「**魔法**」或幾滴「**魔藥**」能夠讓遊樂園變得熱鬧一些？

如果只用一點點魔法，
應該不會出錯吧……